Veloz como el grillo

Audrey Wood

ilustrado por Don Wood

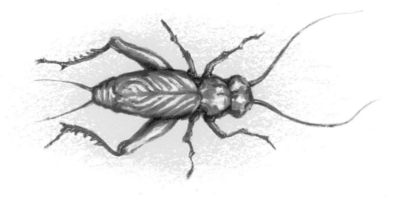

Child's Play®

Soy veloz como el grillo,

lento como el caracol,

pequeño como la hormiga

y grande como la ballena.

Estoy triste como el basset

y feliz como la alondra.

Soy tan bueno como el conejito

y tan malvado como el tiburón.

Estoy solo como el sapo

y asustado como el zorro.

Soy frágil como el gatito

y fuerte como el buey.

Soy ruidoso como el león,

silencioso como la ostra,

robusto como el rinoceronte

y tierno como el corderito.

Soy valiente como el tigre,

tímido como el camarón,

cursi como el perrito faldero

y salvaje como el mono.

Soy perezoso como la lagartija

y trabajador como la abeja.

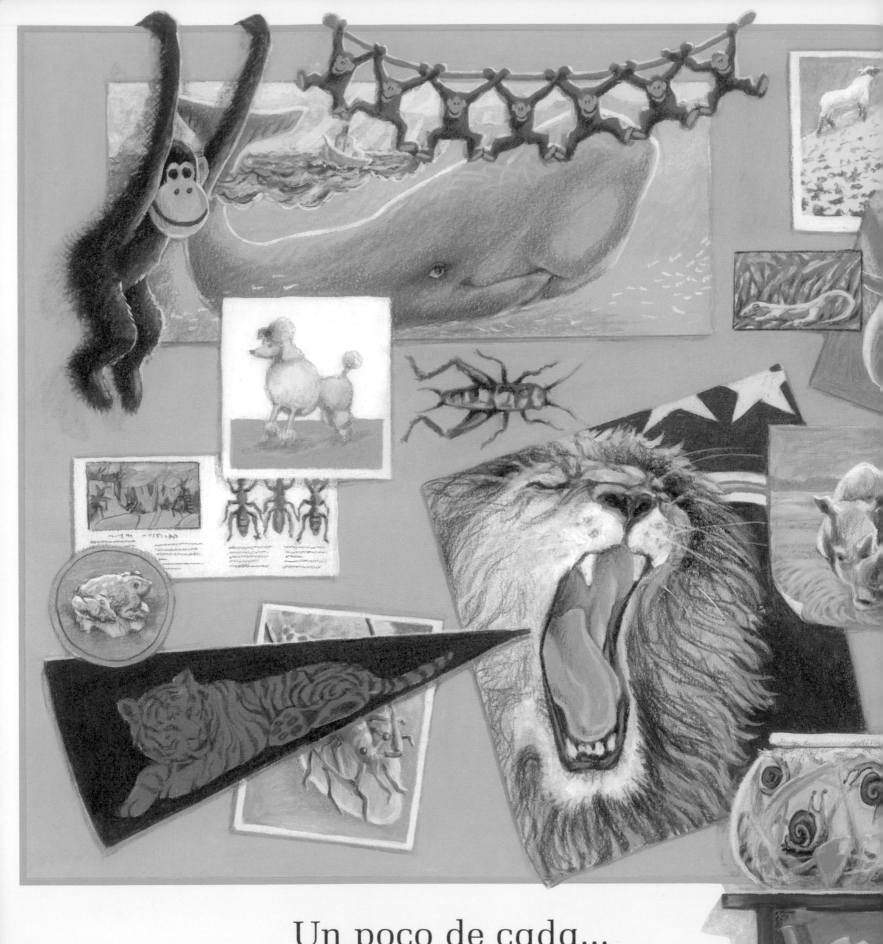

Un poco de cada...

¡y éste soy yo!